le Papillon amoureux

collection météorite

le Papillon amoureux

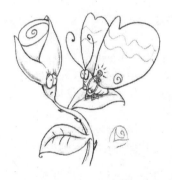

texte de Soraya Benhaddad

illustrations de Joël Boudreau

Bouton d'or Acadie

Bouton d'or Acadie a bénéficié de l'aide financière du Conseil des Arts du Canada et de la Direction des Arts du Nouveau-Brunswick pour la publication de ce livre.

Titre : Le Papillon amoureux
Texte : Soraya Benhaddad
Illustrations : Joël Boudreau

ISBN : 2-922203-32-8

Dépôt légal : 4e trimestre 2000
Bibliothèque nationale du Canada
Bibliothèque nationale du Québec

Imprimeur : AGMV Marquis
Distribution : Prologue et Bouton d'or Acadie

Téléphone : (506) 382-1367
Télécopieur : (506) 854-7577
Courriel : boutondoracadie@nb.aibn.com
Site Internet : www.boutondoracadie.com

À mon mari

Mot de l'auteure

En toute sincérité, je peux dire que je suis une personne chanceuse. En ce sens que j'ai pu vivre autrefois comme un papillon et, aujourd'hui, comme une rose.

À l'époque où je vivais comme un papillon, j'ai beaucoup virevolté çà et là, à la découverte du monde. Plus je découvrais, et plus j'en redemandais. Je voulais tout connaître, tout voir. J'étais insatiable.

Aujourd'hui, je ne sais si je me suis tout simplement brûlé les ailes, mais je ne peux vivre que comme une rose. Je suis heureuse même en restant au même endroit. J'ai appris à profiter de tout ce qui se passe autour de moi. Parfois, j'ai l'impression qu'autrefois je ne prenais pas le temps de m'arrêter pour apprécier chaque chose à sa juste valeur.

J'ai eu un immense plaisir à écrire cette histoire qui me trottait dans la tête depuis l'enfance. J'espère que tous les jeunes qui la liront sauront être au cours de leur vie par moments papillon et parfois rose. Bien que ce soit deux manières de vivre très différentes, elles se complètent à merveille.

Bonne lecture !

1

La Rose apprivoisée

Dans un grand jardin vivaient une multitude de fleurs : des roses, des jonquilles, des jacinthes, des oeillets... Parmi tous ces bouquets, une fleur se démarquait par sa beauté, une magnifique rose rouge qui faisait l'envie de ses soeurs, les autres roses.

Un jour, la Rose aperçut une minuscule perle jaune doré entre ses pétales écarlates.

— Qu'est-ce que cela peut bien être ? s'étonna-t-elle. Qui a osé mettre cette vilaine chose sur mes beaux pétales ?

La petite perle demeura ainsi durant neuf jours, collée contre la corolle de la Rose. Même si la perle ne la gênait nullement, la Rose demeurait un peu indisposée et même préoccupée. Mais ses soeurs la rassurèrent en lui disant que la perle avait sûrement été déposée par un admirateur anonyme qui voulait décorer sa belle robe rouge. Elle les crut sur parole et fut flattée de ce geste venant d'un inconnu.

— Orner ma belle robe... quelle idée raffinée ! Et comme c'est agréable d'être appréciée à sa juste valeur ! s'exclama la Rose.

— C'est certain ! approuvèrent en choeur toutes ses soeurs.

— À bien y réfléchir, je le mérite ! continua la Rose en gonflant ses pétales.

Au dixième jour, la Rose sentit un de ses pétales trembler. Elle se pencha doucement et découvrit avec stupeur que la perle jaune était maintenant d'un gris argenté.

— Bizarre, cette nouvelle couleur, s'inquiéta-t-elle.

Ce qui l'intrigua davantage, c'est que la perle bougeait. Bientôt, la Rose se rendit compte qu'il y avait un minuscule insecte à l'intérieur. Il était en train de découper la perle avec ses petites mâchoires afin d'en sortir.

Ce que la Rose ignorait, c'est qu'il s'agissait d'un oeuf, et non d'une perle.

En fin de journée, une chenille sortit de l'oeuf et rampa un long moment sur la belle robe de la Rose. L'insecte se dirigea tranquillement vers la tige, puis vers les feuilles qui y étaient accrochées. Il se mit à en grignoter une.

— Dis donc ! Qu'est-ce que tu fais ? demanda la Rose, indignée.

— Oh ! Oh ! lâcha le petit animal, surpris. Je croyais que j'étais seul...

— Tu n'es pas seul, puisque tu es installé chez moi et que tu dévores mes feuilles. Je t'ai servi de gîte durant quelques jours, mais il n'est pas question qu'aujourd'hui je te nourrisse !

— Je suis désolé. Je suis une chenille et j'ai besoin de manger dès ma naissance pour grandir. D'ailleurs, pour te dire franchement, tes feuilles ne sont pas bonnes. J'en trouverai sûrement d'autres qui auront meilleur goût.

— Quelle insolence ! siffla la Rose, rouge de colère.

Sans répondre, la petite chenille s'en alla clopin-clopant.

Une semaine plus tard, un insecte bien différent apparut devant la fleur.

— Bonjour, Mademoiselle la Rose !

— Bonjour, répondit la Rose. Nous sommes-nous déjà rencontrés ?

— Bien sûr ! Je suis la Chenille... Tu ne te souviens pas ? Je suis venue au monde au creux de tes beaux pétales.

— Comme tu as changé ! Tu n'as plus la même couleur. Tu étais aussi grisâtre que ta coquille.

— C'est vrai, j'ai grandi, j'ai grossi et j'ai maintenant de nouvelles couleurs vives. Sais-tu pourquoi j'ai de si belles couleurs aujourd'hui ?

— Je m'en fiche ! lança la Rose d'un air hautain.

— Voyons, voyons ! Ne sois pas désagréable avec moi. Je veux t'expliquer.

— Cela ne m'intéresse pas !

Mais la Chenille était têtue. Elle poursuivit :

— Tu te comportes vraiment très mal... Mais je vais tout de même te révéler les secrets des chenilles...

Comme la Rose savait qu'elle n'échapperait pas à ses explications, elle décida à contrecoeur de l'écouter.

— Alors, pourquoi as-tu ces couleurs criardes ?

— C'est très simple. Nous, les chenilles, nous prenons des couleurs criardes, comme tu dis, pour faire croire aux oiseaux que nous contenons du poison.

— Pourquoi veux-tu faire croire cela aux oiseaux ?

— Autrement, ils se jetteraient sur moi pour me dévorer, pardi ! répondit la Chenille d'un ton qui allait de soi.

Après plusieurs jours de discussions parfois orageuses, la Rose et la Chenille finirent par devenir des amies inséparables. Chaque jour, elles se voyaient et conversaient longuement. Elles se lièrent d'une amitié qui défie tous les livres spécialisés traitant de la vie des fleurs ou des insectes.

Leur relation dura plus d'un mois. Mais un matin, la Chenille vint trouver la Rose afin de lui faire ses adieux. Elle devait absolument partir, disait-elle. La fleur pleura beaucoup, car elle ne voulait pas se séparer de son amie. Néanmoins, la Chenille s'en alla le coeur gros comme un ballon. Le lendemain, elle se suspendit à une branche par un fil de soie, loin des regards curieux. Puis, elle se mit à tisser, tout autour d'elle, son cocon.

Jour après jour, la Rose demandait à tous les insectes qui passaient près d'elle s'ils avaient aperçu son amie la Chenille. La réponse était toujours négative. Pendant ce temps, la belle Chenille aux couleurs bleue, verte, jaune et noire se transformait peu à peu en une chrysalide.

Pauvre Rose, elle était inconsolable ! Elle s'ennuyait beaucoup de ses conversations avec la Chenille. Elle n'avait même plus quelqu'un avec qui se disputer à l'occasion, puisque ses soeurs lui disaient toujours ce qu'elle souhaitait entendre. Ce n'était pas par méchanceté, loin de là, mais bien parce que les autres roses n'osaient pas contredire celle qu'elles admiraient tellement.

2

Le Papillon
follement amoureux

Un jour, un magnifique papillon vint se poser délicatement sur la triste Rose.

— Bonjour, jolie Rose !

— Bonjour... répondit-elle sans lever les yeux.

— C'est moi, ton amie la Chenille... Me voilà transformée en papillon.

Étonnée, la Rose écarquilla les yeux.

— Ce n'est pas possible ! Tu te moques de moi ! Tu me racontes des bêtises...

— Pas du tout ! C'est le cycle de ma vie d'insecte. Les papillons pondent des oeufs sur les plantes. Quand les oeufs éclosent, des chenilles en sortent. Plus tard, les chenilles se fabriquent une enveloppe et s'y cachent. C'est dans ces enveloppes qu'elles deviennent des chrysalides, qui se transforment finalement en papillons. Et voilà ! Tu connais toute mon histoire.

— Oh là là ! C'est une histoire bien compliquée !

— C'est comme si j'avais plusieurs vies... Maintenant, regarde-moi et

dis-moi franchement... Est-ce que je te plais ? demanda le Papillon, inquiet, en déployant ses longues ailes afin qu'elle puisse l'examiner à loisir.

La Rose le contempla un long moment. Puis, les yeux pleins d'admiration, elle chuchota :

— Oui. Tu es beau ! Tu es... sublime !

— Merci, répondit-il, sentant ses ailes frémir de plaisir.

Effectivement, la Chenille s'était transformée en un superbe papillon. C'était un machaon aux couleurs éclatantes. Il était tout jaune, avec des rayures et des taches noires. Au bout de ses ailes, il avait des pois bleu foncé et rouges.

Le Papillon virevolta joyeusement autour de la Rose, puis vint se blottir au creux de ses pétales.

— Je peux t'assurer que j'avais hâte de me transformer pour te revoir. Car tu m'as beaucoup manqué, avoua timidement le Machaon.

La Rose rougit, ce qui empourpra encore davantage ses soyeux pétales. Elle baissa les yeux et, dans un murmure, elle lui retourna le compliment.

Les amis reprirent comme avant leurs rencontres quotidiennes et leurs conversations animées. C'était comme s'ils ne s'étaient jamais quittés.

Un jour, la Rose demanda au Papillon :

— Raconte-moi ce qui se passe en dehors de mon jardin...

— Il y a plein de choses merveilleuses... J'ai vu des fleurs de toutes les formes et de toutes les couleurs. Elles étaient belles à leur façon, mais pas aussi belles que toi et elles n'avaient pas ton délicieux parfum.

La Rose sentit une petite pointe de jalousie la piquer. Cependant, elle n'en laissa rien voir, trop heureuse de découvrir ce monde inconnu.

— J'aimerais tellement t'emmener voir de tes propres yeux.

Malheureusement, depuis sa naissance, la Rose était dans ce même coin du jardin. Elle ne pouvait pas se déplacer comme le Papillon pour aller et venir d'un endroit à l'autre.

— Moi aussi, j'aimerais bien te suivre, mais je ne peux pas. Je dois me contenter de vivre là où j'ai planté mes racines. Et puis, je ne suis pas seule. Regarde toutes ces roses... Elles sont heureuses d'être là et d'embellir ce jardin.

— Je peux te porter et t'emmener au loin, nous irons voir le monde, lui assura le Papillon.

La Rose lui sourit avec tendresse. Elle était curieuse, certes, mais elle savait que sa place était là jusqu'à la fin de sa vie.

Après cette conversation, le Papillon racontait, chaque matin, de jolies histoires à la Rose. Il lui décrivait avec beaucoup de détails ce qu'il voyait, ce qu'il avait aimé... C'est ainsi que l'amitié ne cessait de grandir entre ces deux êtres si différents.

Un jour, lors d'une énième rencontre, le Papillon demanda à la Rose :

— Je voudrais t'offrir quelque chose pour te prouver combien je te suis attaché. Alors, dis-moi, qu'est-ce qui te ferait le plus plaisir ?

— Ce que j'aime par-dessus tout, ce sont tes belles paroles... tes compliments si flatteurs. Avec toi, je me sens toujours belle.

Puis, sans s'y attendre, la Rose entendit le Papillon murmurer :

— Ma chère Rose, veux-tu m'épouser ?

— Mais, Papillon, je ne peux pas t'épouser... Je suis désolée !

— Pourquoi ? s'écria le Machaon, déçu.

— Parce que nous appartenons à deux mondes différents.

— Notre différence m'indiffère royalement. Dis-moi oui, je t'en supplie... Je suis fou de toi. Je ferai de toi une reine... Je te couvrirai d'or...

La Rose, d'un air peiné, continua :

— Je ne peux pas. Nous ne

pouvons pas... Tu es un beau papillon et moi une rose. Nous sommes faits pour nous fréquenter, mais pas pour nous unir.

— Je croyais que toi aussi, tu m'aimais.

— C'est juste. Seulement, nous ne pouvons pas nous marier.

Blessé, le Papillon s'en alla cacher sa peine loin du jardin où vivait la Rose. Il se sentait désespérément incompris. Il éprouvait tellement d'amour pour cette belle rose, mais elle le repoussait. Sous le coup de la colère, il voulut la punir pour avoir rejeté ses avances.

— Pour qui se prend-elle ? s'énerva-t-il. Je n'irai plus jamais la voir !

De son côté, la Rose se mourait de chagrin. Elle regrettait d'avoir blessé son ami le Papillon, mais comment aurait-elle pu agir autrement ? Elle se devait d'être honnête avec lui.

Le Machaon bouda la Rose et n'alla pas la visiter. Cependant, peu à peu, des sentiments contradictoires l'envahissaient. Il ne cessait de se poser des questions au sujet de l'amour, de l'amitié... Lequel des deux sentiments est le plus précieux ? Plutôt que de perdre sa Rose, ne valait-il pas mieux se contenter de son amitié ? Ils étaient amis depuis si longtemps !

3

Dure réalité

Aprés une semaine de sépara-tion, le Papillon ne pouvait plus résister à l'envie de revoir sa belle Rose. Alors, il se rendit à son jardin. Malheureusement, il ne la trouva nulle part. Seule sa tige se dressait, dégarnie, devant lui. Affolé, il se mit à voler dans tous les sens et à ques-tionner les autres roses, qui demeu-raient la tête basse, prêtes à s'étioler.

— Que s'est-il passé ? hurla le Machaon à l'intention d'une des fleurs. Où est ma Rose ?

Les dernières roses gardèrent le silence.

— Je te pose une question, vociféra-t-il en secouant l'une d'elles.

La pauvre fleur en perdit ses derniers pétales. Horrifié, le Papillon s'éloigna d'elle rapidement. À ce moment, une voix agonisante lui murmura :

— Arrête de crier et laisse-nous mourir en paix...

Le Papillon fonça vers celle qui venait de parler.

— Où est ma Rose ? interrogea-t-il sans pouvoir se calmer.

— Elle s'est fanée.

— Comment cela, fanée ? Que

veux-tu dire ?

Il ne reconnaissait plus sa propre voix.

— Elle est morte. C'est, hélas, le triste sort des roses.

— Non ! Non ! gémit le Papillon, désespéré.

Les ailes secouées par les sanglots, il retourna auprès de sa Rose. Le triste spectacle de sa tige squelettique l'affligeait. Il sentait son coeur se briser en mille morceaux. Finalement, le Papillon se ressaisit, se posa au sommet de la tige fraîchement dénudée et embrassa le calice encore parfumé. Puis, il recueillit avec beaucoup de tendresse quelques pétales qui gisaient à terre.

Non loin de là, un autre papillon observait discrètement la déchirante scène. Il hésita un moment à se mêler de ce qui ne le regardait pas, puis son côté sensible et généreux l'emporta. Alors, d'une voix douce, il s'adressa au Machaon.

— Bonjour ! Mes amis papillons me surnomment Mac.

Le Papillon leva ses yeux rougis et fut surpris de voir son sosie. Il bégaya :

— Bon... bon... bonjour ! Tu me ressembles tellement que j'en suis troublé.

— Je suis un machaon, tout comme toi, expliqua Mac. Je ne voulais pas t'effrayer.

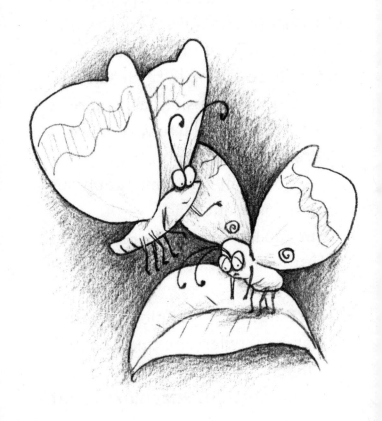

— Je suis seulement surpris. C'est bien la première fois que je rencontre un papillon qui me ressemble à ce point. J'en ai vu d'autres, mais ils étaient de couleurs différentes.

— C'est parce que je suis de la même famille que toi.

Peu à peu, Mac amena le Papillon à lui confier ses peines.

— J'ai perdu celle que j'aimais... dit-il en reniflant. C'était ma Rose à moi, et elle est morte.

— Mais pas du tout ! Elle n'est pas morte, elle est simplement fanée. Au printemps prochain, elle renaîtra.

— Ce n'est pas possible ? demanda le Papillon, incrédule.

— Mais oui ! Je t'assure que

l'année prochaine, plus précisément au printemps, ta belle Rose réapparaîtra.

— En es-tu certain ? interrogea le Papillon, qui reprenait espoir.

— Je te le promets !

4

La fête au village

L'arrivée de Mac dans la vie du Papillon fut une bénédiction, car il lui apprit beaucoup de choses sur sa vie de machaon. De plus, il lui présenta plusieurs autres membres de leur espèce. Tous les machaons des environs entourèrent le pauvre Papillon. Désormais, il n'était plus seul au monde, malgré la cruelle absence de la Rose.

Un jour, Mac invita son nouvel ami à se joindre à une grande fête donnée dans le village en l'honneur des papillons.

— Tu verras, ce sera très beau. C'est pour nous que les humains organisent cette fête. Elle aura lieu dans le champ de coquelicots.

Après une brève hésitation, le Papillon accepta l'invitation. Lorsqu'ils arrivèrent, la fête allait déjà bon train. Les oiseaux accompagnaient la musique de leurs chants mélodieux. Il y avait aussi des enfants et des adultes parés de leurs plus beaux vêtements. Les papillons virevoltaient çà et là en se posant, le temps de reprendre leur souffle, sur les splendides coquelicots au rouge écarlate. Le Papillon s'était mêlé aux

festivités et comptait en profiter. Tout à coup, il sentit un frôlement d'ailes dans son dos. Il se retourna brusquement et tomba nez à nez avec une superbe créature. C'était une belle demoiselle machaon aux teintes plus sombres qui faisaient ressortir la couleur de ses yeux.

— Excuse-moi, dit-elle timidement. À force de danser, j'ai eu un petit vertige.

Le Papillon la rassura très vite et lui proposa de se reposer un peu à ses côtés.

— C'est très gentil ! J'accepte avec plaisir, répondit-elle. Je m'appelle Aline.

— C'est bien la première fois que

je rencontre un papillon qui s'appelle ainsi... s'étonna-t-il.

— Mon prénom ne te plaît pas ? demanda la belle.

— Ce n'est pas ce que je voulais dire. Je suis juste un peu surpris. C'est un prénom d'humains, non ?

— C'est vrai ! Nous écoutons les enfants s'interpeller pendant qu'ils jouent. Et lorsqu'un prénom plaît à l'un d'entre nous, il l'adopte.

— Ça alors ! Je n'en avais jamais entendu parler.

Tout au long de cette journée radieuse, les deux papillons firent connaissance. Il était enchanté d'avoir rencontré Aline. Celle-ci fut immédiatement séduite par le

Papillon tellement il était galant, courtois et gentil. Cependant, elle était étonnée que son ami n'ait pas de prénom. Elle se demandait de quelle planète il débarquait...

À la fin de la journée, le Papillon raccompagna sa nouvelle amie chez elle. En chemin, la belle lui proposa de se trouver un prénom. Parmi tous les noms qu'il avait entendus dans la journée, le Papillon préféra celui d'un petit garçon beau comme un coeur, qui s'appelait Alain. Il choisit ce prénom semblable à celui de sa compagne pour lui montrer combien il était bien près d'elle. Lorsqu'il la quitta, après avoir pris rendez-vous pour le lendemain, il

se sentait très léger et heureux.

Cette nuit-là, Alain le Papillon eut le sommeil agité, car il était pressé de voir le jour se lever et de retrouver Aline. Dès le matin, son ami Mac vint le visiter.

— Ça y est! J'ai un prénom moi aussi, lui annonça le Papillon. À compter de ce jour, tu peux m'appeler Alain.

— Joli prénom, commenta Mac. Hier, je t'ai vu repartir avec Aline.

— Oui, nous sommes partis ensemble. Elle est tellement belle... Si douce, si tendre, déclara-t-il d'un air rêveur.

— Oh! Comme tu t'emballes rapidement! Il n'y a pas si longtemps, tu étais fou d'amour pour une rose, répliqua Mac.

— Je sais. Seulement, cette fois, c'est différent.

— Qu'y a-t-il de différent ?

— Nous sommes de la même famille. Nous sommes tous les deux des papillons, des machaons. Nous avons les mêmes besoins. Avec elle, je pourrais faire ma vie. Nous pourrions vivre une grande histoire d'amour.

— Aurais-tu renoncé à ta Rose ? s'inquiéta Mac.

— Pour ma Rose, je garderai toujours un sentiment profond dans mon coeur. Mais j'ai compris finalement ce qu'elle me répétait : il ne peut y avoir que de l'amitié entre une rose et un papillon.

Quand il se retrouva seul, Alain se demanda tout de même s'il ne cherchait pas à oublier trop vite la Rose qu'il avait aimée. Mac avait paru si étonné de son comportement... Heureusement, l'heure du rendez-vous avec Aline arriva. Aussitôt qu'elle montra le bout de ses ailes, il fut aux anges. Quel bonheur de la retrouver ! Avec elle, tout paraissait si simple !

Aline et Alain passèrent de nombreuses journées à se découvrir et à se connaître. Il lui confia son amour pour la Rose, sa tristesse et son désespoir lorsqu'elle s'était fanée.

Même si ces aveux lui causaient du chagrin, Aline n'en laissa rien voir. Elle était amoureuse de ce papillon et attendrait avec patience qu'il soit complètement guéri de sa peine. Elle entendait bien ramener Alain sur terre et lui apprendre à vivre comme un papillon.

Sa patience fut vite récompensée car, au bout de quelques semaines, ils se marièrent et formèrent un couple inséparable. Si on apercevait Aline quelque part, c'est qu'Alain était forcément dans les parages.

5

Amour et amitié

Au printemps, Aline demanda à son mari de l'emmener visiter le jardin dont il lui avait tant parlé. Alain fut bien content de pouvoir partager son petit coin de paradis. L'endroit plut beaucoup à Aline, même s'il n'y avait encore que de jeunes pousses et des feuilles à peine déployées. Ils prirent l'habitude d'y faire un tour régulièrement, se réjouissant de l'éclosion de chaque nouvelle fleur.

Un matin, le Papillon sursauta à la vue d'une rose... de sa Rose. Ses magnifiques pétales s'ouvraient comme un lever de soleil. Mac avait donc raison ! Les roses ne meurent pas, elles se fanent, puis renaissent au printemps. La Rose fut, elle aussi, très heureuse de revoir son Papillon.

— Je m'appelle maintenant Alain et je suis marié, lui annonça-t-il d'une voix hésitante.

Puis, avec beaucoup de fierté, le Papillon lui présenta Aline, qui s'approcha de la Rose et lui dit avec respect :

— J'ai beaucoup entendu parler de vous.

Tout à coup, le visage d'Aline se

crispa et une plainte sortit de ses lèvres. Elle se tourna vers son compagnon :

— Aouch ! Je crois que je vais pondre.

Alain pâlit aussitôt, mais la rassura :

— Ne t'inquiète pas, ne t'inquiète pas. C'est un événement naturel.

Émue, la Rose murmura :

— Je serais honorée d'accueillir vos oeufs au creux de mes pétales.

— Oh, merci ! souffla Alain.

Il avait les yeux embués, car il était en train de revivre de merveilleux souvenirs.

Rose savait fort bien qu'Aline et Alain lui faisaient une faveur. Car d'ordinaire, les papillons pondent leurs oeufs sur des plantes dont les chenilles, plus tard, se nourrissent. Et ses feuilles n'étaient pas ce qu'on pouvait appeler une alimentation riche et saine pour les futures chenilles...

La Rose et le Papillon assistèrent Aline pendant qu'elle pondait, un à un, ses nombreux oeufs. Lorsqu'elle eut fini, Aline poussa un grand soupir de soulagement.

— Bravo ! s'écrièrent à l'unisson Alain et la Rose.

Le Papillon s'approcha de sa compagne et l'embrassa tendrement sur son front en sueur :

— Merci pour ce beau cadeau...

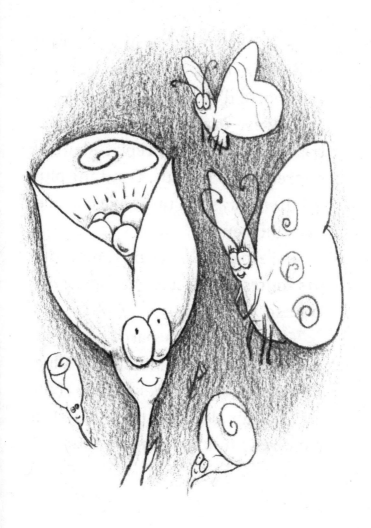

— Ce n'est pas moi qu'il faut remercier, mais ton amie, qui a la gentillesse d'héberger nos petits.

— C'est vrai... Nous te sommes très reconnaissants, reprit Alain en s'adressant à la fleur. D'autant plus que tu n'auras pas une seule chenille, mais plusieurs.

— J'espère qu'elles ne tomberont pas toutes amoureuses de moi ! lança la Rose.

Elle appuya ces paroles par un discret clin d'oeil à l'intention d'Aline. Toutes deux éclatèrent de rire devant l'air déconcerté d'Alain, qui bientôt se mit à rire à son tour.

Table des chapitres

Pour connaître l'auteure...

Où êtes-vous née ?

Je suis née à Alger, en Algérie, un pays qui se trouve en Afrique du Nord, entre le Maroc et la Tunisie. Au nord, la mer Méditerranée sépare l'Algérie et la France.

Où vivez-vous maintenant ?

À Montréal, dans la belle province du Québec. Même si c'est une grande ville, il y a de beaux parcs et la campagne n'est pas loin. J'ai toujours l'impression de me ressourcer lorsque je me retrouve dans la nature. J'adore le printemps d'ici, l'été aussi, et même l'automne. Par contre, je trouve l'hiver interminable, malgré ses bons côtés.

Comment vous est venue l'envie d'écrire ?

J'ai toujours raconté une histoire à mes filles avant de dormir. Chaque soir, je leur inventais un conte dans lequel je cherchais à leur transmettre un message. Comme elles semblaient apprécier mes contes, j'ai décidé de les mettre sur papier.

Qu'est-ce qui vous a inspiré *Le Papillon amoureux* ?

Quand j'étais enfant, j'ai entendu bien des fois mes grands cousins et cousines chanter une chanson qui me plaisait. C'était l'histoire d'un papillon qui tombe amoureux d'une rose. Le thème m'a beaucoup fascinée. Depuis que j'écris, j'ai souvent cette chanson qui me trotte dans la tête. Il fallait que j'arrête de parler d'autre chose et que j'en vienne à écrire ce récit qui m'obsédait.

Est-ce que vous écrivez chaque jour ? En général, oui. Le matin, je m'occupe d'abord de ce que qu'il y a à faire dans la maison, le ménage et les repas. Mais l'après-midi, je n'aspire plus qu'à m'installer à mon ordinateur pour écrire ou pour peaufiner un manuscrit.

Est-ce que *Le Papillon amoureux* est votre premier livre ?

Non, c'est mon troisième. J'ai d'abord publié un roman jeunesse intitulé *Un homme bizarre,* qui s'adresse aux jeunes de 10 ans et plus. Par la suite, j'ai publié *Coccolino se cherche une famille,* un album destiné aux enfants de 4 à 7 ans. Et maintenant, voici *Le Papillon amoureux.* Cela dit, j'ai une douzaine de contes qui sommeillent dans mes tiroirs et que je n'ai pas encore proposés aux éditeurs. Parallèlement, je travaille en ce moment à un roman visant aussi les jeunes lecteurs.

Achevé de réimprimer en juillet 2005 chez
Marquis Imprimeur inc.
Cap-Saint-Ignace (Québec)
Canada